PRECATÓRIA

30 cartas em forma de amor

Mariana Rangel Tuma

À mamãe, que me deu a vida e, dia a dia, mantém-na
com seu amor.

Aos meus remetentes, fictícios ou reais, que
inspiraram meus sentimentos e palavras.

A todos que se identificarem e tiverem o coração
tocado.

*"(...) A felicidade aparece para aqueles que choram.
Para aqueles que se machucam.
Para aqueles que buscam e tentam sempre.
E para aqueles que reconhecem a importância das pessoas que passam por suas vidas"*
(Clarice Lispector)

SUMÁRIO

Rio de Janeiro, 2018

AO DOUTOR MACHUCADO

Não se sinta culpada; ele não é capaz de sentir o que você sente. Por mais que ele diga, você sabe que os seus olhos mentem. Ele nunca sentiu. Suas palavras mentem como a naturalidade do seu não sentir. Ele, simplesmente, não é capaz. Você sempre soube, porque, diferente dele, você sente demais. Você sempre sentiu que ele era diferente. Diferente do fim ao começo. Tudo começou pelo fim. Havia ali o fardo da espera pelo final, porque você sabia que, cedo ou tarde, aconteceria. Não há como dar certo dessa forma, por mais que ele tente, por mais que você se anule. Não há como dar certo. As palavras dele eram bonitas como a mentira dos seus olhos cor de mel. Ele proclamava o evangelho, mas não olhava ao redor. Não olhava nem mesmo para você, tão perto e tão distante. Você era um enfeite bonito. Só e sozinha, mesmo que ao lado dele. Ele, simplesmente, não é capaz. Não espere que ele sinta o que você sente. Ele não é capaz. E você sempre soube. Ele não se importa. Ele fala dele. O mundo é ele. Apenas ele. Há certa melancolia em seus olhos. Há certa tristeza. Há ali um menino que não conseguiu crescer. As emoções dele estão presas na infância que lhe foi roubada. Ele nunca mais será o mesmo. Por duas vezes lhe roubaram a inocência e os sentimentos. Ele não é capaz. Por vezes, ele tenta, mas falha. É difícil doar o que lhe arrancaram. Ele não é capaz. Ele proclama o evangelho, mas não olha para *você*. Ele faz planos com você, mas a isola em outra cama no mesmo quarto de hotel. Ele não é capaz. Simplesmente, ele não é. Não sinta raiva dele. Há melancolia em seu olhar. Há ali a infância arrebatada. Ele é apenas um menino e não sabe o que fazer quando tudo fica intenso. Dói como aos sete anos. Ele não é capaz. Não sinta raiva. A melancolia do seu olhar é a única verdade que ele carrega.

João Pessoa, 2016

AOS SILÊNCIOS QUE PESAM

Meu grande amigo, digo-te que é necessário muita maturidade e amor por si mesmo para aceitar o silêncio do outro e seguir em frente.

O silêncio também é resposta.

Eu sei, por vezes, dói, mas, por favor, não implore por palavras recíprocas. Elas não são automáticas como as máquinas que as digitam. Palavras têm asas e, mesmo os discursos ensaiados com exatidão e eloquência, são manifestações do sentimento resguardado.

Não, não implore por palavras.

Elas são borboletas.

Deixe-as fluir.

Fluem leve.

O silêncio é peso.

O silêncio não quer falar.

São Paulo, 2019

À FRAUDE DAS EXATAS

Engenheiros, saibam que vocês são a mais bela fraude das ciências exatas.

Não há nada mais humano do que projetar pontes que levam até o meu amor ou navios que me conduzam ao oceano que banha suas terras.

Quem sabe, talvez, aviões que voem ao seu céu mediterrâneo.

Não há nada mais humano do que ouvir a voz dele ao telefone e ver seus olhos na tela do computador.

Engenheiros, de tão humanos, encurtam as distâncias dos sentimentos separados por uma geografia que não sabe amar.

Florianópolis, 2013

AO SURFISTA DE ONDAS GIGANTES

Quando te vi dropar, meu olhar, sempre passageiro, fez morada. Ali eu queria ficar. As antigas ondas rasas não adentraram o meu mar, profundo para os que não ultrapassam a arrebentação. Aquele não era o meu lugar. Você, surfista de ondas gigantes, nômade dos mares agitados, de passageiro, virou lar.

Ali estava o nosso lugar.

ÀQUELE QUE NUNCA AMEI

Sabe, eu nunca te amei. Você foi, talvez, uma conquista. Troféu. Eu adorava exibi-lo porque, para mim, seu valor era inestimável. Ninguém mais conseguia mensurar. Era quase fantástico e criado por ilusão de um ego amarfanhado por perdas. Poderia te contar muitas, mas irei me ater aos dez anos. Nesse tempo remoto perdi minhas taças de porcelana que enfeitavam a cristaleira da sala. Por força maior, espatifaram-se e, até hoje, lembro-me daquele dia. Logo depois, foi-se meu cachorro. Vivo, foi tirado de mim. Chorei quando não o vi. Meu pai? Por muitas vezes o perdi e recuperei. Chegou você como sonho em cima do seu cavalo branco. Vinha me resgatar. Talvez, arrisco dizer, você tenha vindo de um lugar distante do Norte do planeta; seu coração era gelado e seco. Terras inóspitas. Eu *"deixei para lá"* porque meu ego de criança machucada estava se nutrindo. Tantas coisas *''deixei para lá''* e segui. Era você o que eu precisava para curar as feridas antigas. Minha medalha de ouro. O meu troféu.

Ingênua.

Você vinha de terras gélidas e era assim que tratava os demais. **Eu era os demais**. Não havia qualquer diferença. Eu era *''os demais''*. Do alto do seu cavalo pintado de neve, não enxergava o chão no qual eu pisava. No entanto, mais uma de tantas vezes, eu *''deixei para lá''*. Você ainda era o troféu que eu precisava mostrar.

Até que o perdi. Doeu como aos dez anos ao ver minhas taças no chão. Doeu como procurar meu cachorrinho e não achar. Doeu como ver meu pai indo embora. Ali eu era, novamente, uma criança ferida.

Hoje, curada da anestesia da ilusão infantil, sei que jamais te amei. O sofrimento da sua perda foi a dor ofegante do orgulho contuso que revirava meu estômago e me fazia acordar de madrugada sem ar. E só.

Por fim, digo que o amor não vem em cavalos brancos, gelados, recobertos de soberba. O amor chega ao final da tarde com a brisa do outono. Ele está ali quando menos se espera. E fica.

Rio de Janeiro, 2020

AO OUTONO NO RIO DE JANEIRO

Eu o sinto pela janela. Sei que você se aproxima lenta e deliciosamente. O vento adentra o quarto amarelo e traz com ele aroma de café amargo. É uma manhã doce do outono encarcerado.

ÀS FLORES QUE PINTEI

As flores? Eu as pintei no meu corpo. Queria ver o beija flor chegar. De mansinho, ele veio e fez pouso. Dizem que é assim que deve ser, *"cuide do seu jardim"* porque as borboletas vêm. Eu não sei, de fato, não sei. Sempre me afastei de ilusões românticas. Ou melhor, a vida fez questão de me afastar delas. Nunca gostei muito de borboletas também, prefiro o beija flor. Gosto de suas cores e o bico suntuoso que chega antes do próprio corpo. Jamais fui uma mulher delicada, aprendi a ser assim, meio bruta, para me proteger. Há alguns gaviões que gostam de fragilidades exacerbadas e há também os urubus que se aproveitam delas.

No entanto, resolvi pintar flores no meu corpo, não para ser mais meiga ou coisa do tipo. Eu queria ser colorida. As minhas flores de cores tão fortes, às vezes, queimam os olhos. Estava ali mais uma das minhas defesas; matizes para assustar os fracos e decompositores. Cores de advertência.

Então chegou o beija flor e com seu bico majestoso não teve medo, encantou-se e ficou.

Hoje somos jardim.

Juiz de Fora, 2010

AO AMADURECIMENTO

Amadurecer é desfazer-se das ilusões do ego.

Há pessoas que já nascem maduras. Carregam experiências que uma vida não explica.

Há aqueles, por sua vez, que nunca amadurecem. Permanecem envoltos e nutridos pelo ventre materno silencioso e seguro. Não rompem o elo mesmo depois que o cordão se vai.

E há aqueles, *perdoem-me os gramáticos radicais das escolas literárias passadas pelo uso do conectivo iniciando o período,* talvez os mais rotineiros, os que encontramos na fila da padaria comprando o pão para o café da manhã ou lanche da tarde, que amadurecem com as experiencias dolorosas da vida. Ora perdas. Ora derrotas. Ora fracassos.

Amadurecer é doer demasiadamente para depois doer menos. A tal força que ganhamos com o tempo. A casca que se forma, diferente do abrigo da mãe, nutrida por nós mesmos.

Amadurecer é olhar para trás.

Entender.

Aprender.

Aceitar.

Seguir e, sempre que der, sorrir.

Porto Alegre, 2014

AOS AMORES QUE RESPIRAM POR APARELHOS

Eu queria te dizer que escrevo em uma tarde fria e a chuva cai lá fora. Há uma canção que, sabiamente, disse; *''um dia frio é um bom lugar para ler um livro. E o pensamento lá em você''*[1]. De fato, há bastante coerência em seus versos. Lembrei-me daquele amor tão projetado, mas que não durou seis meses porque não soube respirar sem aparelhos quando a saturação de oxigênio caiu um pouco. Foi justamente em um dia chuvoso, no qual o coração transbordou em lágrimas. Um daqueles momentos em que a gente diz que *"não está legal''*. Quem nunca o disse que atire a primeira pedra. No entanto, o meu amor não aceitou, foi embora com poucas palavras; *"enjoei'', "cansei''*. Acabou. *Fim.*

Fato é que o amor, querida, compreende tristezas. Escute com atenção; se o seu amor, ou melhor, quem você pensa, como eu um dia pensei, iludida e fielmente, ser amor, não suporta alguns dos momentos de melancolia e vazio que, porventura, surgirão, não espere, vista-se de luz, arrume suas malas e vá embora.

O amor que abarca apenas momentos de alegria não ultrapassou os sete anos de vida. Emocionalmente imaturo, indisponível e preso em sua infância conturbada, não suporta sofrer e machuca, sem saber ou querer, mas as vezes sabe. As vezes quer.

Não é amor aquele que respira naturalmente somente na felicidade. Até mesmo o mais feliz de todos os seres vai chorar um dia. Não há riso se nunca se experimentou o sal das lágrimas que caem.

O amor de verdade, sem falsas ilusões ou pretensões românticas, nunca precisará respirar por ajuda de aparelhos. Por si, alimenta-se e se cura.

1. *Djavan.*

AO VÍRUS

Você mata ricos e pobres. Negros, pardos, brancos. Você sequer escolheu hemisfério para se alocar e não se preocupou com antigos e idealizados privilégios colonizatórios. Nada eurocêntrico, imperialista ou favorável à nova ordem, você desejou dominar o mundo inteiro.

Não há para onde correr.

Micrométrico, não ser vivo, dependente, você veio para nos mostrar algo que, apesar de simples e óbvio, éramos incapazes de conceber; somos todos iguais e humanos, demasiadamente humanos.

Ainda que matemos uns aos outros, não há armas de guerras capazes de te conter. Você é a nova ameaça do século e, tão democrático, não priorizou qualquer um de nós. Somos iguais, um organismo capaz de hospedar aquele que mostrou a nossa profunda e frágil humanidade.

Humanos, demasiadamente humanos e iguais.

Recife, 2020

À GRAMA VERDE DO AMOR DOS OUTROS

Eu sei que hoje pela manhã você caiu quando os viu juntos. Pareciam felizes de uma forma que ele não havia sido com você. Tudo parece um pouco melhor quando olhamos por outra perspectiva. Já lhe disseram que *"a grama do vizinho é mais verde"*? Pois então, relacionamentos alheios também aparentam ser mais coloridos, principalmente em um domingo de sol, onde o mar rasga a areia com sal. Talvez, eles sejam mesmo muito felizes. Não podemos ser tão descrentes do amor que compartilham na areia e no mar. Talvez seus sorrisos, iluminados pelo sol desse inverno quente, sejam verdadeiros. Eu gostaria que fosse real. Amores reais, ainda que não os nossos, são os que dão esperança à vida.

Sabemos, no entanto, que o amor se reproduz e cria raízes quando ninguém vê. O amor se forma nas manhãs de segunda feira em que o despertador preenche o quarto com o anúncio, enfadonho, da semana que se inicia. O amor se constrói nas noites em que tudo parece perdido, na dor da primeira flecha lançada, no orgulho que se desnuda, no abraço de corpo e alma.

O amor não é apenas uma manhã ensolarada de um domingo quente. O amor é a semana inteira.

À CULPA

Eu não sei por qual motivo torto você insiste em aparecer. Já implorei para nunca mais voltar, mas você não obedece. Aparece sem ser chamada, a qualquer hora do dia. Algumas vezes, me acorda de madrugada e se deita em minhas costas. Meu Deus, como você é pesada! Eu te peço para ir embora, mas quem disse que adianta? Insolente, só vai quando quer, depois de ter feito um grande estrago, obviamente.

Eu não me lembro ao certo quando você chegou, por vezes sinto que sempre esteve aqui. Não consigo recordar um dia em que não a tenha sentido por perto, mesmo que por poucos segundos. Parece que você é onipresente.

Eu também não sei de onde vem. Confesso que tenho algumas desconfianças. Acredito que na minha infância você começou a ser nutrida e foi crescendo com o tempo. Hoje já tem 31 anos e sabe se alimentar sozinha.

Olha, eu não sei se você vai escutar, muito menos se importar, mas queria soubesse que machuca, e muito, a sua presença. Sinto seu peso, por vezes, derrubar-me ao chão.

Penso sempre no porquê de você existir. As pessoas me dizem; *"culpa é passado que não vai embora"'*. Talvez seja, faz sentido, mas eu não sei como te fazer ir.

À MENINA PREOCUPADA

Esqueça, menina. Há coisas com as quais você não precisa se preocupar. A vida se encarrega do bem e do mal, também.

Esqueça, menina! Vá ver o pôr do sol nessa tarde linda do outono. Sinestesia doce do frio com o cheiro do mar.

Esqueça, o que importa sempre fica e o que não tem de ser vai de partida. É sempre assim, não há erro na caminhada da vida. A gente é que, às vezes, não sabe enxergar.

Esqueça! *O tempo voa*, disseram meus pais. Haverá um amanhecer, menina, no qual, em um piscar de olhos, você não será mais quem é hoje. Então, eu apenas posso te pedir que viva o agora como se fosse para sempre.

Tessalônica, 2020

ROGATÓRIA AO GREGO

Eu não sei se você fala a verdade, as vezes duvido sem qualquer motivo para o tal. Hábito, quem sabe. Proteção, bem provável. No entanto, o que diz, real ou ilusão, traz-me de volta à vida. Seu jeito de ser, teatral e exagerado, como as tragédias de Eurípedes, aquece o meu coração. Gosto do drama que faz e quando sorri afirmando que ele "E*stá no sangue*".

Antes de te conhecer eu não sabia ao certo como agir com aqueles que não eram como você. Tolhida e sempre criticada, transformei-me em uma jovem amargurada. *Sentimental demais*, eles diziam. *Dramática*, a todo o momento você diz amar. *"Dramática, como eu amo'''*, você fala e me faz suspirar.

Sua verdade, tão parecida com a minha, transpôs a barreira de um enorme oceano e me mostrou que, obviamente, os antigos amores nunca poderiam me compreender. Jamais. Eles não entendiam de Sófocles e, de fato, não eram *você*.

AO CORDÃO ROMPIDO

Terei que ir embora. Por sorte ou azar do destino, encontrei o amor em outro trópico. Nascemos separados por um oceano que, agora, espera ansioso para ser o meu também.

Dizem as boas e más línguas que filhos são criados para o mundo, mas sempre fui menos do mundo do que de você. Sempre fui completamente sua, do ventre ao envelhecer.

No entanto, eu terei que ir. Há coisas na vida que não se explicam e o amor é uma delas. O amor arrebatador surge quando menos esperamos e nos faz cruzar oceanos e romper cordões imaginários.

Brasília, 2017

À ILUSÃO

Poderia te chamar de ilusão ou angústia. É isso que provoca em mim. Posso, também, apelidar-te queda. Você tem vários nomes e todos são ruins.

Seu gosto amargo persiste por vários dias no meu corpo e eu, paciente, espero que se torne doce novamente.

Em vão, aguardo a impossível verdade da ilusão.

INTIMAÇÃO AOS ENGANOS

Os enganos são muitos. Gostaria de intimá-los, um a um, para comparecer a minha jurisdição. Espero que aqui possam prestar contas de todos os erros e paguem por eles.

A primeira a ser intimada é a senhora Ilusão. Sua aparência é doce, como uma bondosa senhorinha portuguesa. Atente-se que é muito difícil não cair em seus encantos, mas, não se deixe levar; ela é prepotente, soberba e enganosa. Encontre-a onde estiver, preciso que cumpra sua pena por todos os danos que cometeu. Posso afirmar, com toda certeza; foram inúmeros e não prescrevem. Por todas as noites de lágrimas que causou e pelo incômodo que provocou no estômago quando resolveu ir embora, sem ao menos explicar o porquê, você deve pagar.

A segunda é a madame Ganância. Exuberante, tem longas pernas e usa o melhor de todos os perfumes que Paris já conheceu. A ganância, esposa do poder, é bela e sua voz de sereia encanta e amaldiçoa. Muito mal provoca àqueles que cedem as suas tentações. Traga-a já até aqui. Perigosa, pode destruir, em minutos, a sociedade em franca expansão.

O último, mas não menos importante, é o Ódio. Homem robusto, de bigode afilado e cabelos sempre bem alinhados, ostenta seu terno de grife e, muitas vezes, um brasão no peito. Inteligente, mas emocionalmente perturbado. Nota-se sempre quando ele chega. Por onde anda, causa desastres, tempestades e mortes. Imediatamente, traga-o até aqui e prenda-o eternamente.

Em uma mesma cela apertada, Ilusão, Ganância e Ódio sentirão o amargo gosto da prisão, deixando livre o mundo para pronta evolução.

Ouro Preto, 2000

ÀS ALMAS ANTIGAS

Você me diz que se sente perdido, parece ser de outra geração, tempos remotos. Outro século, talvez. Você olha para todos ao seu redor e não os reconhece. Sua alma é antiga em um corpo jovem. Lê filosofia, conversa sobre música clássica. Respeita os animais. Planta tomates para admirar a beleza de suas cores que se misturam ao verde do campo e ao azul do horizonte.

Minha alma reconhece a sua e nosso olhar rompe o silêncio, mesmo sem palavras.

Somos almas antigas, *''sólidas''* compartilhando dores e amores do novo século em liquidez[1].

1. Zygmunt Bauman, '' Amor Líquido: Sobre a Fragilidade dos Laços Humanos''

São Luís do Maranhão, 2019

AOS QUE AMAM OS IGUAIS

Seu amor é como a imagem que reflete quando se olha no espelho; alto, forte, homem.

Apavora-te e te faz chorar.

Você, sem saber explicar a própria essência na qual habita, tem medo de assumir que ama e sofre com a ânsia que lhe embrulha o estômago.

Acalme-se, querido amigo! Não se recrimine por sentir o que há de mais belo em toda a dimensão planetária; o amor.

Não se curve à maldade daqueles que não enxergam a beleza do seu sentir, porque esses, definitivamente, não sabem amar. Presos e amargurados nas próprias angústias, ferem para diminuir a dor que carregam.

O amor, qualquer que seja sua manifestação, jamais foi o estopim de guerras. O amor, sem definições de gênero, não produziu armas de

fogo ou bombas nucleares. O amor não é capaz
de matar ou ferir.

O amor nunca será doença.

O amor é cura.

Belo Horizonte, 2017

À JOVEM QUE DESBRAVOU O MUNDO

Perdão pela raiva desmotivada que sinto por você. Acho mesmo que você é quem eu gostaria de ser.

Ou ter.

Algumas vezes pensei, ingenuamente, que eu sentisse ciúmes porque você, sorridente, caminhava ao lado do meu belo *-ou não tão belo assim-* namorado por andares gelados de um hospital inóspito.

Não. Quem sabe eu não o ame, mas ame você que, com olhos grandes, desbravou o mundo.

Tiradentes, 2018

A SUA BELEZA ATÉ O AMANHECER

Sua beleza, grega e troiana, foi como flecha *-ou faca-* que me atingiu por inteiro desde o primeiro olhar.

Você, Apolo, tornou-me dionisíaca. Seus olhos verdes, predadores, não me permitiram escolher; eu seria sua presa e desfrutaria da sua deliciosa natureza até o amanhecer.

AOS SEUS VINTE E SETE ANOS

Seus olhos estavam abertos, esperando a morte chegar. Carregados da dor que a morfina não mais conseguia enganar, tinham medo do infinito desconhecido que se aproximava.

Suas mãos jovens tentavam ser fortes, queriam ficar, agarravam as da sua mãe que, a sua frente, controlava-se para não desabar.

Chegou a sua hora. Escute a voz da Rainha que te chama e quer te abraçar. Vinte e sete anos foi a sua idade ao partir, com o seio tomado pela dor e o tumor. Levou consigo parte do coração da sua mãe que, desde então, teria que aprender a viver sem ti.

Para algumas coisas da vida, não há explicação. Antinatural velar o corpo de quem se deveria cuidar do ventre ao amadurecer. Não há o que se dizer.

Aos vinte e sete anos, você cruzou o infinito e hoje, onde está, não existe dor ou tumor. Seu sorriso jovial encanta o céu e as almas antigas ao seu redor.

Sua mãe ainda chora e pensa que não suportará, mas, em algumas manhãs, quando avista o beija flor chegar, sorri, porque sabe, dentro de si, que é você que está ali a fazendo prosseguir.

À MÃE QUE NÃO SOUBE O QUE FAZER

Você o mandou esquecer. Sentiu-se culpada por tudo. Seu coração doía, despedaçado, você desejou que aquilo jamais tivesse acontecido. Você não sabia o que fazer. *"Esqueça, meu filho, durma, mamãe está aqui"*, foi a única coisa que conseguiu dizer.

Como toda mãe, gostaria de ter poderes sobrenaturais, voltar no tempo e proteger seu menino, para que ele não encontrasse o monstro que o atormentaria por toda a vida. Seu menino, inteligente e arteiro, não era mais uma criança.

E você não sabia o que fazer. Sua dor era, talvez, maior que a dele. A dor do seu menino perfurava seus órgãos maternos e você orou e o pediu para dormir e esquecer.

Hoje ele dorme, mas jamais esqueceu. Agora adulto, carrega as angústias da infância roubada e, durante algumas madrugadas, o monstro que o destruiu vem visitá-lo e, tal qual criança, ele chora novamente, clamando por você.

Vocês não conseguiram esquecer.

Niterói, 2009

À ESCOLHA ERRADA

Você foi a escolha errada. Não temos, absolutamente, nada a ver. Sou humana, nada técnica. Emocional é a minha forma de viver. Lanço-me de dez metros de altura e, sim, eu sei que vai doer, mas a dor é o mais belo sinal de que a vida ainda existe, e não apenas o *sobreviver*. Machuco-me a todo o momento, depois me recomponho. Exatamente assim que sei viver. Não sou boa com fórmulas prontas, jamais o fui, muito menos protocolos fechados, misturas azeotrópicas ou roupas incômodas que me fazem parecer um E.T. Sou aquela que não se acostuma com o rebanho e segue em sua incessante busca por outra forma de viver. Livre. Feliz.

Hoje não mais misturo substâncias, não as faço ferver em um local quente. Agora brinco com palavras. Drummond é capaz de me entender. Hora ou outra, desvendo leis e escrevo precatórias.

Sim, você, definitivamente, não foi uma escolha boa, mas, devo assumir que, da sua maneira meio torta e enlouquecedora, foi você aquela que me ajudou a, de fato, me conhecer.

Obrigada.

Santos, 2015

AO ADEUS PARA O QUE JAMAIS COMEÇOU

Fim. Acabou por aqui, antes mesmo de iniciar. Nosso amor impossível, separado por águas mediterrâneas e rios de ilusão, foi o mais belo que já vivi. No entanto, ele termina aqui, agora, nesse exato instante. É melhor que seja assim. Foi lindo, desafiador e romântico demais imaginar que seríamos felizes como os casais dos filmes de *Hollywood*, os quais, sem pudores, adoram nos enganar. Eu pensei que sim, ingênua ou tomada pelo medo de viver a verdade. O impossível, frequentemente, é belo e nos instiga, todavia quando ficamos por muito tempo obcecados por ele, esquecemos do que nos rodeia, não tão belo, mas real; a vida.

E ela continua, ainda que distante da tua.

Adeus.

Belém, 2004

AOS QUE ACREDITAM

Certo dia ouvi uma amiga dizer que se considerava "trouxa" *-perdoem-me essa palavrinha tão chinfrim-* por acreditar em todos, sonhar com seu amor piegas de cinema e um mundo melhor. Escutei-a pacientemente e hoje, gostaria de dizer a ela e a todos que se julgam bobos ou tolos por acreditarem nos demais que, na verdade, vocês são os que permitem que a humanidade continue viva. Os bons e puros de coração, aqueles que fazem falta em um mundo no qual o correto se transformou em vergonha ou piada. Vocês são a válvula propulsora, a engrenagem do Universo que não o permite desmoronar em ganância, guerras e ódio.

Vocês são o amor e a pureza.

Não! Não se deixem abater por mentirosos ou por quem os usa para nutrir seu narcisismo patológico. Esses sentirão, cedo ou tarde, em si mesmos, o amargo gosto do que causam.

Newton, em sua terceira Lei, já nos disse que a toda ação corresponde uma reação. O Universo quântico é energia que transcende a todos os seres que nele habitam. O que provocamos, inevitavelmente, volta a nós, hora ou outra. Não há como fugir de leis implacáveis.

Sejamos, então, os bons de coração, os que acreditam, amam e se entregam.

Sejamos aqueles que plantam árvores de frutos doces, os que sorriem para os idosos, os que acalentam crianças.

Os que sentem.

Os que amam.

Sejamos aqueles que fazem a diferença no mundo lotado de iguais.

Limeira, 2013

AOS QUE BUSCAM RAZÕES

Razões? Não sei por que *cargas d'água* as buscam com tanto afinco. Elas estão ali, bem à frente dos que prosseguem, mas não conseguem ver, pois permanecem absortos na ideia da linha de chegada.

Os porquês estão no meio do caminho, na distância entre a partida e o ponto final. *"A felicidade é o caminho"*[1], isso já foi dito e gosto de repetir a todo o instante. Não há nada mais belo do que contemplar o caminhar, mesmo por linhas tortas ou pavimentos irregulares, que são muitos, pode acreditar!

Ao longo de toda a estrada haverá terra e pó, sede e miragem, mas também sol a bronzear a pele, brisa que carrega o cheiro do mar, pássaros que levam sementes e produzem o cantar, verde para refrescar e o mais importante; mãos, muitas mãos que irão te levantar quando tropeçar e cair. Você vai cair, tenha certeza. No entanto, mais importante do que isso é se levantar.

O caminho é belo, aprecie. É preciso contornar as pedras e navegar. "Navegar é preciso"[2].

A linha de chegada é o fim, não o que se almeja. Você vai alcançá-la de qualquer forma quando terminar de andar.

O importante é a passagem, a qual carrega as razões que fundam a vida e elas estão na estrada a cada olhar e a cada passada. Continue.

1. Thich Nhat Hanh: The art of mindful living. 1992
2. Fernando Pessoa, "Navegar é preciso. Viver não é preciso"

AOS 30 ANOS

Aos 30 você começou a viver.

Aos 30 você resolveu abandonar velhos hábitos que a aprisionavam à medíocre imaturidade adolescente. Foi menina até então.

Aos 30 você descobriu que o orgulho não a leva a lugar algum que não seja a solidão e buscar pessoas perfeitas é ilusão.

Aos 30 você ouviu, inúmeras vezes, que era diferente e sentiu-se orgulhosa por isso, porque não ser igual em um mundo doente é elogio para a alma e o coração.

Aos 30 você aprendeu que a opinião dos outros é somente uma forma diferente de visão, mas o que importa, de fato, é o aquilo que te faz feliz e seguir em frente, mesmo quando tudo parece perdido.

Aos 30 você percebeu que a beleza verdadeira está nos quinze minutos de conversa inteligente que sucedem o encontro de olhares fortes e eloquentes.

Aos 30 você concluiu que o amor é construção, tijolo a tijolo, do infinito. Nunca está pronto, mas jamais deve-se deixar de construir.

Aos 30 você foi amiga, esposa e mãe. Ou não.

Aos 30 você descobriu que *"a vida é a arte do encontro, embora haja tanto desencontro pela vida"*[1], mas que mesmo assim, você deve prosseguir.

Aos 30 você foi Maria. Ana. Mariana.

Aos 30 você foi mulher.

1. *Vinicius de Moraes, Baden Powell. "Samba de benção". 1967*

AO QUARTO DO HOSPITAL

Logo que entrei, você me disse que eu seria *muito feliz*. Chorei e desejei que fosse verdade. Você ali, no leito de morte, revestida por amor e altruísmo, esqueceu os aparelhos que a ajudavam a respirar e olhou para mim. A sua frente, eu parecia a paciente e você, mesmo doente, conseguiu me curar. Aos 96 anos de idade, carregava a sabedoria e resiliência de uma vida de luta que estava prestes a acabar.

Naquela noite, quando você se foi, eu a vi subir. Vestia um manto branco e nos olhava respirar. Serena e leve, como sempre, você levitou e chorou porque teria que partir. Sempre perto, ficaria longe, esperando a nossa hora de chegar.

Paris, 1941

ROGATÓRIA AO TREM QUE VAI PARA VARSÓRIA

Por favor, siga mais devagar. Talvez, se eu correr um pouco mais rápido, alcance seus trilhos. Sinto o cheiro de fuligem de Varsóvia. Carbono de judeus que Hitler ordenou matar.

Por favor, não seja tão rápido. Não tenho mais ar e as lágrimas, misturadas ao suor desse julho quente na cidade luz *apagada*, começam a me engasgar. Eu consigo ouvir *Chopin* ao fundo, como trilha sonora da sua partida. As partituras invadem a minha mente enquanto corro, desesperadamente, para te resgatar.

Por dentro, entretanto, eu sei que não vai dar. Meus passos não são tão rápidos quantos os trilhos que te levam para longe de mim.

Logo que o trem chegar lá, tente me dar notícias. Eu tenho medo de que não consiga voltar de Varsóvia ou *Auschwitz*.

Pergunto-me se teu corpo magro irá suportar.

Mas eu estarei aqui até o fim, prometo.

Eu te peço, não se esqueça de mim.

Mariana Rangel Tuma nasceu no ano de 1989 em
Niterói, cidade do estado do Rio de Janeiro.
Farmacêutica por formação, encontrou nas palavras a
melhor fórmula para guiar sua vida.

Em breve,

Um trem para Varsóvia

www.ingramcontent.com/pod-product-compliance
Lightning Source LLC
Chambersburg PA
CBHW021357160726
47994CB00007B/3000